Eigentlich wollte ich nur glücklich sein

Der Mut zum Leben

AF286156

Sophia Gilbert

Eigentlich wollte ich nur glücklich sein

Der Mut zum Leben

Herstellung und Verlag: Books on Demand GmbH, Norderstedt.
ISBN: 978-3-8334-8049-2

Für meine Eltern
und meinen Sohn
in Liebe und Dankbarkeit

Sophia

Dank

Danken möchte ich hier allen Menschen, die mir auf meinem bisherigen Lebensweg begegnet sind.

Mein besonders herzlicher Dank gilt meiner Freundin Magdalena. Sie hat mir in meinen schwersten Stunden voller Liebe und Geduld beigestanden und mir die Erfahrungen und die Weisheit eines ganzen Lebens mit auf meinen Weg gegeben.

Ein großer Dank gebührt auch Fr. Dr. Bettina Scholz, die mich die ganzen Jahre liebevoll, geduldig und hilfsbereit in allen medizinischen Fragen begleitet hat. Ohne sie wäre ich heute nicht so weit, diese Zeilen zu Papier zu bringen.

Dank auch an die gesamte Praxis Dr. Palazis.

Ferner danke ich Herrn Kaminski für die Unterstützung bei der Realisierung dieses Buches.

Weine nicht um mich mein Kind,
Denn ich bin die Liebe und das Licht.

Ich bin weit weg in einem fernen Land,
Ich bin weit weg an Gottes Hand.

Ich reise weiter, in weit entfernte Länder,
Doch nichts kann zerstören
Unserer Liebe Bänder.

Weine nicht um mich mein Kind.

Ich bin die Energie und Leben spendender,
Kosmischer Staub,
Ich bin das verwelkte und das frische Laub.

Weine nicht um mich mein Kind.

In fernen Zeiten,
Wenn wir uns wiedersehen,
Werde ich mit Dir auf die Reise gehen.
Dann wirst du seh`n,
Es ist wunderschön.

Weine nicht um mich mein Kind.

Du und wir alle sind auf der Reise in das
Ferne Land,
Du und wir alle sind an Gottes Hand.

Weine nicht um mich mein Kind,
Denn Du und wir
Alle sind die Liebe
Und das Licht.

Walter ist tot. Der liebe, gute Walter. Mit dem allerliebsten Gesicht wie mein viel zu früh verstorbener Vater. Beide waren sie sehr krank, ausgezehrt und schwach und haben so sehr leiden müssen. Wie wird Grete damit fertig? Meine über alles geliebte Grete Rauhbein. Grete, die ihren Mann so sehr geliebt hat und immer lieben wird. Walter starb am 05. 07. 2005.

Ungefähr zur selben Zeit habe ich im Fernsehen eine wissenschaftliche Sendung gesehen. Diesmal ging es um den Kosmos und um kosmischen Staub, welcher linksdrehende und rechtsdrehende Aminosäuren enthält. Die Letzteren werden durch die UV-Strahlung zum Teil zerstört und spielen so für uns keine große Rolle mehr. Die linksdrehenden Aminosäuren im Staub bekommen auch wir auf der Erde ab. Ohne diesen Staub könnten wir überhaupt nicht leben.

Am nächsten Morgen beim Badputzen kam dieses Gedicht zu mir. Ich sah die lieben Gesichter von meinem Vater und Walter und meinte ihre Stimmen zu hören. Hören kann man eigentlich gar nicht sagen, sondern eher fühlen. Eine todtraurige Seele hat diese Stimmen gefühlt und gehört. Und noch einmal kam die tiefe Trauer um meinen Vater in mir hoch, die Tränen liefen …

Herrschaftszeiten! – Warum habe ich in der letzten Zeit so sehr am Wasser gebaut? Aber das macht nichts – die Doktorin hat gesagt, weinen erleichtert. Es nützt nun alles nichts. Hände abtrocknen, Tränen wegwischen und schreiben. In Windesweile wurden diese Zeilen zu Papier gebracht auf Walters Todesanzeige:

Weine nicht um mich mein Kind,
denn ich bin Leben spendender, kosmischer
Staub.
Ich bin das verwelkte – und das frische Laub.

– Sehr gut! So sind die linksdrehenden Aminosäuren poetisch untergebracht. Das war wieder eine schöne Inspiration.

9

Bist du nun endlich bereit

Meinen Worten zu lauschen?

Es ist an der Zeit,

Meine Worte klingen

Wie der Wälder und Meere Rauschen.

Ich habe viel zu sagen Dir,

Von der Welt und auch von mir.

Ich habe viel zu sagen Dir,

Nicht nur von mir,

Sondern auch von Dir.

Jetzt hör gut zu und schreibe nieder:

Die Menschheit braucht Trost und Liebe,

Immer wieder.

Bist du nun bereit?

Sonnenaufgang

Schön, dass du bereit bist und mir endlich voll vertraust. Du merkst es doch selbst – deine Zähne tun auf einmal nicht mehr weh. Du hast fast alles mir überlassen: Deine Sorgen und Nöte, Schmerzen und Kümmernisse und letztendlich deine Krankheit, die dich gequält und gefoltert hat bis zum Äußersten. Natürlich ist dir und mir klar, dass du die Zähne und die schmerzenden Gelenke nicht ausreißen und mir sozusagen vor die Füße werfen kannst, damit ich sie behandele und heile. Aber dein Vertrauen zu mir hat dich schon von vielem befreit.

Ich weiß, wie es dir immer ergangen ist. Ich weiß um dein schlechtes Gewissen, manche Menschen nicht so lieben zu können, wie ich es tue und du eigentlich solltest. Du brauchst aber deswegen kein schlechtes Gewissen zu haben.

Bevor ich jedoch weiter zu dir spreche, muss ich dir mitteilen: Ihr alle seid meine geliebten Kinder – auch die, die in deinen Augen Unrecht getan haben. Denn merke dir: Dir selbst wurden genau zum rechten Zeitpunkt die rechten Menschen und Situationen zur Seite gestellt. Denke an die Menschen, die dich auf liebevolle Weise und manchmal auch recht ruppig gemahnt haben, ruhig zu bleiben, dein Ego zum Stillschweigen zu bringen, die dich auf den Boden der Tatsachen zurückgeholt haben, wenn du drohtest, sehr laut und ungerecht zu werden. Ich weiß, manche Pille war recht bitter – aber heilsam. Heute weißt du es auch. Und wenn du ehrlich bist, dann bist du nun in der Rückschau sehr dankbar für diesen und jenen Nasenstüber.

Ich erkläre dieses hier, damit du siehst: In deinem Leben war alles perfekt. So fügt sich ein Mosaiksteinchen zum anderen.

Im Übrigen: Bei jedem Menschen ist alles perfekt, ihr erkennt es nur nicht.

Obwohl du in einem unchristlichen Haushalt aufgewachsen bist, hast du immer an mich geglaubt. Erinnerst du dich, wie du damals als Kind nie einem Tier etwas zuleide getan hast, egal wie groß oder klein das Tier war. Du hast dir immer vorgestellt, der jeweilige Tierkönig und ich würden das alles sehen und wären sehr böse mit dir. Denk mal an das Jahr 1960! Du warst damals sechs Jahre alt und deine Mutter lag in Kaiserswerth im Marienkrankenhaus. Dieses Krankenhaus wurde damals von Nonnen geleitet. Wie gerne bist du damals mit der Mutter Oberin in die Kapelle gegangen und ihr habt zusammen den Gottesdienst vorbereitet und auch gefeiert.

Eines Tages – bei einer Vorbereitung eines Gottesdienstes – habt ihr auch den Altar geschmückt und du hast die Mutter Oberin gefragt, was denn in der Monstranz sei. Die Mutter antwortete daraufhin:
„Darin wohnt der liebe Gott.“
„Können wir die aufmachen und da mal reingucken?" fragtest du. Und die Mutter Oberin entgegnete auf eine besonders liebevolle Weise:

„Nein, das geht nicht, mein Kind. Denn der liebe Gott schläft gerade."

Ab da stand für dich fest: Ich war immer da. Gott existiert, egal was andere gesagt haben. Danach hast du dich zusammen mit deinem Sohn taufen lassen. Ich will dir hier und jetzt nicht dein ganzes Leben erzählen, aber einige, wichtige Stationen sollten es schon sein. Schönes und weniger Schönes. Ich will dir erzählen, wie du mich vergessen und auch verflucht hast. Nein, nein, keine Angst. Ich bin dir nicht böse. Und ich möchte dir zeigen, wie du schließlich den Weg zu mir zurückgefunden hast.

Zurückgefunden – im tiefsten Schmerz und wildem Hass. Denn da hast du mich zum ersten Mal gehört und meine feste Umarmung gespürt. Damals wolltest du dir das Leben nehmen. Du konntest diese Krankheit und die wilden Schmerzen, die der Folter glichen, nicht mehr ertragen. Schmerzen, die dich nicht mehr losließen. Schmerzen, die sich aufbauten zu einem Unwetter der Qual und Pein. Angriffe auf deinen Körper, die dir nur wenige Minuten Zeit ließen zum Durchatmen, um danach gradweise zuzunehmen. Jedes Gelenk, jede Sehne und jeder Muskel zu reißen und zu verbrennen schien. Schmerzen, die bis zum Gehirn durchdrangen und den Kopf fast zum Platzen brachten. Auf dem Höhepunkt dieser Qual habe ich dich ganz fest gehalten und einschlafen lassen. Danach war das Allerschlimmste überstanden. Als du wieder erwachtest, hast du mich mit den übelsten Worten beschimpft und mich verflucht und du wolltest dir das Leben nehmen. Die Schlaftabletten lagen schon bereit. – Der Abschiedsbrief auch.

Da fragte ich dich: „Möchtest du das wirklich? Willst du dir wirklich das Leben nehmen? Bedenke, es gibt noch soviel zu sehen und zu erleben." Da hast du, obwohl du ganz alleine in deiner Wohnung warst, laut und deutlich gesagt: „Nein, das möchte ich nicht, aber so kann und will ich nicht mehr weiterleben." Danach fandest du wieder etwas Schlaf und Ruhe.

Bald darauf ging es bergauf – langsam zwar, aber es ging. Und heute geht es dir doch sehr viel besser. – Oder? Auch wenn du jetzt noch deine fast überwundene Krankheit spürst, glaube mir: Auch Heilen tut weh. Und du wirst sehen, du bist bald wieder gesund.

In jener schrecklichen Nacht habe ich dir von dem Lied erzählt, das Udo Jürgens einst sang: „Und immer wieder geht die Sonne auf." Erinnerst du dich? Siehst du – für jeden von euch geht immer wieder die Sonne auf. Denn Dunkelheit für immer, gibt es wirklich nicht – auch für dich nicht. Denke immer daran. Diese Krankheit hatte auch was Gutes für dich und für deine Mitmenschen. Warum? – Nun, du bist wach geworden. Du hast dich geändert. Du bist nun die geworden, die du eigentlich bist. Du hast Körper, Geist und Seele in Einklang gebracht. Dies ermöglicht dir, mit deinen Mitmenschen anders, das heißt liebevoller umzugehen. Du kannst mitempfinden und mitfühlen. Du

15

hast angefangen, erstmals zu hinterfragen, welches Schicksal hinter jedem Einzelnen stecken mag. Du bist einfach menschlicher geworden und alle Lebewesen werden es dir danken, ob Pflanzen, Tiere oder Menschen. Und du merkst es selbst. Ist das nicht schön? Denn dies ist dein Zustand. Du bist mitfühlend und liebend, weil dir irgendwie bewusst geworden ist, dass ihr alle eins seid.

Und du weißt: Wenn es deinen Mitmenschen gut geht, geht es dir auch gut.

Seligpreisungen

Selig, die Verständnis zeigen für meinen stolpernden Fuß und meine lahmende Hand.

Selig, die begreifen, dass mein Ohr sich anstrengen muss, um alles aufzunehmen, was man zu mir spricht.

Selig, die zu wissen scheinen, dass vieles nicht mehr so schnell geht wie früher.

Selig, die mit freundlichem Lachen verweilen, um ein wenig mit mir zu plaudern.

Selig, die niemals sagen: „Diese Geschichte haben Sie schon zweimal erzählt."

Selig, die es verstehen, Erinnerungen an frühere Zeiten in mir wachzurufen.

Selig, die mich erfahren lassen, dass ich geliebt, geachtet und nicht allein gelassen bin.

Selig, die in ihrer Güte die Tage erleichtern, die mir noch bleiben auf dem Weg in die ewige Heimat.

(Aus Afrika)

17

Erinnerst du dich noch daran, wie es damals war, als du ein Kind warst? Du konntest nicht mit der harten und herzlosen Art vieler deiner Mitmenschen umgehen. Für sie war es umgekehrt mit dir genauso. Sie konnten dich nicht verstehen und auch mit dir schlecht umgehen. Für sie warst du im Grunde genommen ein Weichei, das man ungestraft piesacken konnte. Im Laufe deines Lebens hast du dich dann darauf eingestellt und so getan, als wärst du wie sie. Genauso hart, als dächtest du wie sie – gleichermaßen herzlos. Das hat dich verformt und am Ende erkranken lassen. Gewehrt gegen diese Attacken deiner Mitmenschen hast du dich nicht, weil dir der Mut fehlte.

Dabei konntest du das Ignorieren deiner Person und Angriffe auf dich – sei es verbal oder auch körperlich – nicht ertragen. Mit oder im Streit leben, das kannst du übrigens bis heute nicht. Wenn irgendwie die Atmosphäre spannungs-geladen ist und Streit aufkommt – sei ehrlich und gib es zu – dann wird dir ganz elend zumute. Dafür gibt es einen ganz einfachen Grund. Du bist seit frühester Kindheit in Furcht zu absolutem Gehorsam und Unterwürfigkeit erzogen worden.

Und das liegt in deiner Mutter begründet und geschah aus folgendem Grund. Sie hat sich so sehr ein Kind gewünscht. Und als dann nach langen Jahren des Wartens endlich das Kind da war, da war sie so stolz und hatte von nun an Angst, dir könnte irgendwie etwas zustoßen.

So wurdest Du überbehütet. Du warst ihr Kind und du wurdest eifersüchtig bewacht. Es durfte nichts passieren.

Dies geschah aus Angst, Urangst. Deine Mutter hatte große Furcht davor, es könnte dir etwas zustoßen und sie hätte dich nicht mehr. Sie wollte etwas haben, was ihr ganz alleine gehört. Um das zu verstehen – dafür werden wir später noch sehr viel weiter zurückgehen.

Denn jetzt erzähle ich dir genauer von der Angst.
Übrigens, Furcht ist und war immer ein schlechter Ratgeber. Angst habt ihr alle. Du fragst, warum. – Nun, das ist ganz einfach. Furcht auf ein natürliches Maß reduziert ist sogar sehr nützlich für euch. Das lässt euch vorsichtiger sein und ihr tappt nicht gleich in jede Falle. Aber Furcht im übersteigerten Maße – nein, das ist nicht so wunderbar für euch. Jetzt fragst du, warum ihr alle Angst habt. Das ist simpel! – Ihr glaubt, ich habe euch verlassen. Irgendwie fühlt ihr euch fast alle alleine. Ihr versteht euch getrennt von mir, aber ich werde euch niemals verlassen. Ihr habt euch von mir abgewandt und oft vergessen, dass es mich gibt.

Ihr seid so beschäftigt mit eurem Alltag und dem Geldverdienen und immer in Eile. Eure Welt wird immer schneller und lauter. Da ist für mich in euren Herzen und euren Gedanken wenig Platz. Ich weiß, es fällt euch schwer, an meine Liebe und Güte zu glauben. Doch ihr werdet sehen, es ist noch schwerer ohne mich zu leben. Du hattest es selbst erlebt in deinen schlimmsten Stunden.

Doch ich beobachte euch. Viele von euch sind dabei umzukehren. Viele fangen an, die Natur, Tiere, Pflanzen und schwächere Mitmenschen zu schützen, zu ehren und zu unterstützen. Ihr fangt langsam an zu begreifen, dass der Schutz der Natur wichtiger ist als ein großes Auto vor der Haustüre. Wie schön feiertet ihr, als Joseph Kardinal Ratzinger zum Papst gewählt wurde. Menschen aus allen Ländern waren dabei. Da gab es auf einmal keine Grenzen, Nationen und Haufarben mehr. Die existieren übrigens für mich auch nicht. Und euer neuer Papst Benedikt XVI. ist die Liebe und das Licht. Hört genau zu, wenn er zu euch spricht.

Oder die Fußball-WM 2006. Wie friedlich und fröhlich ging es zu. Gut, einige Flegel, die sich auf unschöne Art auslassen und austoben müssen, gibt es immer. Aber guck dich um. Viele von euch – sehr viele – wollen es friedlicher haben; die Natur und schwächere Lebewesen schützen. Sie nehmen dafür sogar Verhaftungen und den Tod in Kauf.

Nun kommen wir zurück zur Furcht. Auch du warst voller Ängste – vor Verlust, Zurückweisung, Geldknappheit, Streit und Liebesentzug. Du hattest eigentlich großes Glück, dass du sehr krank geworden bist. Diese Krankheit hat dich Schritt für Schritt zu mir zurückgebracht. Sie war für dich ein reinigendes Gewitter und dies hast du erkannt: Eines schönen Tages kehrst du ganz zu mir zurück und zwar so, wie du gekommen bist – mit nichts.

Milliarden auf dem Konto nützen keinem von euch, wenn ihr sehr krank seid …

„Früher war ich der Meinung, diese Welt sei eingeteilt in Reiche und Arme, Junge und Alte, Starke und Schwache. Ich habe mich getäuscht. Sie ist eingeteilt in Gesunde und Kranke. Wenn man in die Bruderschaft der Schmerzen aufgenommen wird, nimmt man Abschied von seinen Mitmenschen. Man kümmert sich nicht mehr darum, was in der Welt geschieht, nicht mehr darum, ob die Pisaner den Florentinern jemals vergeben werden. Man denkt nur noch an den nächsten Anfall, an den bohrenden Schmerz in Fingern und Knien. Und daran, wie lange es diesmal anhalten wird. Und man ertappt sich dabei, dass man Gott um die Gnade des Todes bittet.“

(Aus: Mona Lisa, Pierre La Mure, Lorenzo dè Medici (1449-1492). Lorenzo dè Medici ist qualvoll an der Gicht gestorben.)

Wieder zurück zu dir, mein Kind. Du hast auch Rheuma und Gicht. Aus diesem Grunde ist dir auch das Leid von Lorenzo de Medici so nahegegangen. Daher riet ich dir den obigen Absatz mit aufzuschreiben. Nur, heutzutage stehen dir andere Möglichkeiten zur Verfügung, diese Krankheit behandeln zu lassen. Dabei bist du in der glücklichen Lage, dass du finanziell abgesichert bist und dir gute Ärzte leisten kannst. Ist das nichts?! Dies hast du übrigens deinen Eltern zu verdanken.

Deshalb denke immer daran: Dir geht es nur gut, wenn deine Mitmenschen glücklich sind. Das Leid anderer berührt nämlich auch dich und umgekehrt genauso. Wie viel Freude und Bereicherung du erfährst, anderen zu geben, zuzuhören und zu helfen. Wie angenehm es ist, zufrieden zu sein. Wie wohl dir ist, mir voll und ganz zu vertrauen, mit mir zu sprechen und dabei größtes Glück zu empfinden.

Dein jetziger Seinszustand überträgt sich auch auf dein Umfeld: Deine Pflanzen gedeihen, die Vögel, die sehr scheu sind wie z. B. der Zaunkönig, die Meisen und das Rotkehlchen kommen zu dir ohne Angst und Misstrauen. Denk daran, wie dein Rotkehlchen kurz vor seinem Tod voller Vertrauen zu dir kam, um schließlich in deiner Hand zu sterben. Du hast es anschließend bestattet.

Jetzt will ich dir von einer anderen Form der Angst erzählen, damit dein Unmut über verschiedene deiner Mitmenschen aufhört. Deine Vorfahren – und damit meine ich jetzt auch die Vorfahren deiner Generation – haben zum großen Teil Armut, Strenge und Krieg kennen gelernt. Viele eurer Vorgänger wurden schon als Kinder mit schonungsloser Härte, Brutalität, Sadismus und Gefühlskälte erzogen. Für Herzenswärme war oftmals in der damaligen Zeit kein Platz vorhanden.

Damals existierte der nackte Überlebenskampf. So mussten schon Kinder mitarbeiten. Kinderarbeit war früher nichts Außergewöhnliches. Kinder wurden in der Regel zu unterwürfigen und ängstlichen Menschen herangezogen. Eure Vorfahren kannten zum großen Teil nichts anderes als ein hartes, gefühlsarmes, entbehrungs- und arbeitsreiches Leben, welches geprägt war von Angst. Furcht vor der so genannten Obrigkeit, die sich nicht scheute, geringste Vergehen auf das Härteste zu bestrafen. Deine Vorfahren lebten in Angst vor noch mehr Armut und Abhängigkeit von den wenigen Reichen, die ihre Macht ohnehin meistens missbrauchten. Sie lebten in Furcht vor Krankheit, da sich die meisten keinen Arzt leisten konnten. Sie fürchteten sich vor Kriegen und schließlich selbst mich.

Du kannst dir das freilich nicht vorstellen, denn du hast keine Angst mehr vor mir. Die meisten von euch glauben, ich sei ein böser, rachsüchtiger, alter Mann, der nur danach trachtet, euch beim Sündigen zu ertappen. Und wenn ihr einst wieder bei mir

23

seid, zu bestrafen und zu verdammen. Aber das stimmt nicht.

Ich sage es auch nochmals: Ich liebe euch alle – jeden Mikroorganismus, jede Pflanze, jedes Tier und jeden Menschen. Für mich ist nichts und niemand besser oder schlechter oder etwas Besonderes oder weniger wertvoll. Ich liebe euch alle und alles gleich. Deshalb fürchtet euch nicht vor Verlust, welcher Art auch immer es ein mag. Ich bin immer bei und mit euch. Fürchtet mich nicht! Habt keine Angst vor Mangel, vor Krankheiten oder vor dem Alleinsein. Zerpflücke doch einfach mal das Wort „allein": „all" und „ein" gleich „allein". Alleinsein gibt es nicht. Ihr seid alle ein/s; all ein/s. Wenn du allein bist in deiner Wohnung oder wo auch immer, bist du all eins mit allen Lebewesen und mit mir.
Und ich freue mich darüber, dass du das verstanden hast. Deshalb bringe bitte diese Worte unter die Menschen.

Nun höre, mein Kind. Deine Eltern haben in ihren jungen und besten Jahren den Zweiten Weltkrieg erlebt. Sie haben furchtbare und unaussprechliche Dinge erfahren und erleiden müssen. Das hat sie geprägt und schließlich von mir entfernt. – So weit entfernt, dass sie mich ganz zum Schluss geleugnet haben. Dies haben in jenen Kriegsjahren viele Menschen getan und werden es immer wieder so anstellen. Andere wiederum führen für mich und in meinem Namen Krieg, was ich niemals gewollt oder gar angeordnet habe. Und allen Verhaltensweisen liegt Angst zugrunde. Angst vor mir, vor Verlust, vor dem Leben usw.

Wo ich hinsehe: Angst, Angst und nochmals Angst. Warum?!
Nein, mein Kind, während ich dir diese Zeilen mit auf deinen Weg gebe, lege du alle Ängste ab. Fürchte dich nicht mehr. Fürchte dich nicht davor, den Menschen diese Zeilen näher zu bringen. Ich bin bei dir, jetzt und immer. Ich werde dir helfen, alle Hürden zu nehmen. Ich werde dir helfen, deinen Körper wieder gesunden zu lassen. Du wirst sehr bald alles überstanden haben. Und jetzt wo du anfängst, dich nicht mehr zu fürchten, beginne zu verzeihen und schließlich zu lieben. Selbst dort, wo es dir im Moment noch völlig unmöglich erscheint. Nur so können du und wenigstens dein näheres Umfeld glücklich werden und schließlich genesen. Und das ist der Grund, weshalb dein Vater, der Walter und ich dir dieses Gedicht gesandt haben:

Denn nichts kann zerstören
unserer Liebe Bänder.

Ihr sollt nicht traurig sein.
Ihr alle sollt ein glückliches und angstfreies Leben führen.
Seid fröhlich und geht behutsam miteinander um.
Behandelt jeden von euch, jeden Mikroorganismus, jede Pflanze, jedes Tier und jeden Menschen, als wärt ihr es selbst.

Denn dies ist mir zu Ehre.

Jetzt möchte ich dir von Neid, Eifersucht und Missgunst erzählen. – Gefühle, die jeder von euch kennt. Derjenige, der von sich behauptet, dies sei ihm völlig fremd, lügt ganz einfach. Diesen Gefühlen liegt wiederum die Angst zugrunde. Ich glaube, das Thema „Angst" werden wir bis zum Schluss besprechen müssen. Furcht, dass von allem nicht genug da ist, selber nicht gut genug zu sein, nicht erfolgreich, nicht schön genug zu sein, Verlustangst. Diese Gefühle foltern euch und machen euch krank. Auch dir erging es nicht anders. Diese Gefühle hast du schon in frühester Kindheit kennen gelernt. Denn nichts und niemand durften besser sein als deine Mutter. Deine Mutter hatte Zeit ihres Lebens große Furcht davor, irgendjemand könnte besser sein als sie, bessere Qualitäten haben als sie, schöner sein als sie.

Du hast es einmal sehr treffend formuliert: Sie duldet keine Götter neben sich. Und so war es wirklich. Sie sah sich selbst als die ganz große Übermutter und Frau. Und sie war so stolz, als sie dich geboren hatte. Auch du durftest keinen Nebenbuhler haben. Aber, so merkwürdig es auch klingt: Sie duldet auch dich nicht, die eigene Tochter, neben sich, obwohl sie dir ihren eigenen Vornamen gegeben hat. Du solltest ihre eigene Kreation, ihr Abbild, ihr Geschöpf sein, das ihr ganz allein gehört. Aber als Frau akzeptiert sie dich nicht neben sich. Denn jede Frau ist eine Rivalin und darauf komme ich noch zu sprechen.

Im Gegensatz dazu hast du begriffen, dass Kinder ein großes Geschenk sind. Aber jedes Kind ist frei. So frei, wie du bei der Entbindung deines Sohnes empfunden hast. Die Nabelschnur wurde durchtrennt und diese Gedanken gingen dir durch den Kopf:

Jetzt bist du von mir getrennt, du bist ein freier Mensch. – Obwohl meine Verantwortung für dich jetzt erst beginnt und mein ganzes Leben anhalten wird. Du bist mein Kind, aber frei, und ich liebe dich. Du bist das schönste Kind, das je geboren wurde.

Was glaubst du, wer dir einst diese Gedanken geschickt hat?! – Ich und du haben sie gehört. Dafür liebe ich dich. Du hast dein Kind ganz anders großgezogen als es bei euch Menschen die Norm ist. Dieses Kind war und ist frei. Frei in all seinen Entscheidungen und Handlungen und gerade deshalb ist aus ihm etwas geworden. Dein Sohn ist seelisch – und daraus resultierend auch körperlich – so stark, dass er sein Leben hervorragend meistern wird. Du hast ihn so angenommen, akzeptiert und geliebt und gelassen, wie er ist.

Verzeih deiner Mutter, die mit dir nicht so umgehen konnte, weil sie bis heute unter großen Verlustängsten leidet. Sie wollte etwas haben, das nur ihr gehört. Aber: Ein Lebewesen gehört niemandem. Nimm nun alles so wie es ist und fange an loszulassen. Um meinetwillen fange an zu verzeihen und zu lieben; so wie ich euch alles verzeihe und euch alle liebe. Und so wie du selbst die Vergebung und die Liebe deiner Mitmenschen brauchst, denen du bewusst oder unbewusst wehgetan hast.

Es ist doch alles so einfach: Ihr seid alle eins. Jeder von euch ist etwas Besonderes. Jeder von euch hat seine besonderen Qualitäten und Eigenschaften und jeder von euch ist auf seine Art erfolgreich. Ich weiß, du hast auch heute noch deine „Pappenheimer", die du nicht leiden kannst. Das ergeht jedem von euch so, aber das muss so sein, damit ihr euch ergänzt. So ist große Mosaik des Lebens bunt und schön.

Luftballons

So, du sitzt gerade an einem Milchkaffee in deinem Lieblings-Cafe und schreibst deine Geschichte. Nun trinke aus, dein besonderer Freund wartet auf dich. Auch diese Begegnung ist perfekt … Denn immer wieder geht die Sonne auf. – Du wirst sehen.

Wie ich schon einmal erwähnt hatte, warst du als Weichei bekannt, weil du dich nicht streiten wolltest und Streit auch nicht ertragen konntest. Und so hat jeder auf dir herumgehackt. Das hat deine Mutter nie verstanden, weil sie selbst in dieser Beziehung von jeher sehr viel härter war und ist als du. Sie hätte dich auch gern so robust gesehen. Sie hätte auch gern gehabt, wenn du dich mehr zur Wehr gesetzt hättest, aber das konntest du nicht.

Dabei hatte sie eins vergessen. Oder sagen wir, zwei Dinge hatte sie übersehen. Erstens bist du – wie schon erwähnt – sehr streng erzogen worden, sodass du noch nicht mal deine eigene Meinung äußern durftest. Denn das hätte sie als persönliche Beleidigung aufgefasst. Und zweitens hattest du ja von Kindheit an große Angst vor Gegenwehr und Strafe. So hast du nie gelernt, dich zu wehren und zu behaupten. Außerdem kam sie nicht mit deinem überschäumenden Temperament zurecht. Oder sagen wir besser: überschäumende Lebensfreude und einer Freude an der Bewegung. Und vor allen Dingen wurde sie nie damit fertig, dass du dich innerlich gegen sie und ihre Strenge gewehrt hast und deinen Willen durchsetzen wolltest. – Sie erkannte nicht, dass jeder Mensch frei ist. Dass du diesem Freiheitsdrang nachkommen wolltest, nannte sie dann Sturheit.

Deine Mutter konnte sich überhaupt nicht in eine Kinderseele hineinversetzen, übrigens auch nicht in eine Erwachsenenseele. Sie kann sich bis heute nicht in die Seelen und Empfindungen ihrer Mitmenschen hineinversetzen. Dieser Umstand verunsichert sie immer noch. Und aus dieser empfundenen Bedrohung heraus resultierten damals die unmöglichsten Strafmaßnahmen, wie mal ordentlich eine Tracht Prügel oder ein paar kräftige Watschen. Und, was das Allerschlimmste ist, das man einem Menschen überhaupt antun kann: Liebesentzug und Ignorieren über Tage hinweg. Auch die verbalen Verletzungen waren nicht von schlechten Eltern. Worte können töten. So ist dir nach und nach jedes Selbstvertrauen genommen worden, bis du am Ende genauso warst wie sie: unsicher, ängstlich, neidisch und eifersüchtig.

Übrigens: Deine Eltern haben beide nie die Kontrolle über dich und dein Leben aus den Augen verloren: Heute weißt du, dass du immer unter Kontrolle und Fremdbestimmung standest.

Zum Glück kam diese Krankheit zu dir. Das heißt, du hast dich in sie geflüchtet, weil deine Seele ganz laut um Hilfe schrie.
Eine liebevolle Geste von deiner Mutter …? Aber da kam nichts!
Doch andere wundervolle Menschen sind dir zur Seite gestellt worden, die dir stets dabei helfen,

alles zu erkennen, diesen Teufelskreis zu durchbrechen und wieder völlig zu gesunden.

Und du schaffst es. Habe einfach Vertrauen zu dir und mir!

Schade, dass deine Mutter bis heute nicht erkennen kann und will, welchen Teil sie selbst zu deiner Lebensgeschichte beigetragen hat. Aber auch dies geschieht aus Furcht. Angst davor, irgendetwas falsch gemacht zu haben und zu diesen Fehlern stehen zu müssen. Und dann womöglich, deine Liebe und Zuwendung oder ihr Gesicht zu verlieren.

Denn eins musst du verstehen: Sie ist so stolz darauf, ein Kind bekommen zu haben. Und sie ist auch sehr stolz auf dich. Aber aus Angst heraus wird sie ihr eigenes Fehlverhalten nie zugeben können. Deshalb, mein Kind, vergib und lass los. Ich werde dir immer dabei helfen. So wie ich jedem Menschen und auch deiner Mutter helfen werde, wenn sie doch nur genug Vertrauen zu mir hätten und wenigstens mir gegenüber restlos ehrlich wären. Denn wer mir gegenüber absolut redlich ist, tritt am Ende auch gegenüber seinen Mitmenschen ehrlich auf. So könntet ihr endlich den Frieden, die Ruhe und die Freiheit finden, die ihr alle so dringend nötig habt.

Du siehst, Angst ist wirklich ein ganz schlechter Ratgeber. Du hast dich immer schuldig gefühlt und wertlos. Und besonders das hat dich erkranken lassen.

Doch bedenke: Ich bin immer bei euch. – Bei jedem Mikroorganismus, jeder Pflanze, jedem Tier und jedem Menschen. Aber die Meisten von euch haben es fast vergessen, auch du!

Das hatten wir ja schon: In der allergrößten Not, da hast du mich gerufen, gespürt und gehört. So wie jetzt, wo ich dir dein Leben, oder besser gesagt, besondere Situationen deines Lebens erzähle. Damit du wieder gesund wirst, meine Liebe spüren kannst und dies allen Menschen mitteilst. Jetzt weißt du, dass ich immer für euch alle da bin. Du hast dich erinnert und dafür danke ich dir.

Nun erkennst du auch, warum du damals nicht die Kraft und den Mut hattest, deine einzige und wahre Liebe zu verteidigen. In deinem jetzigen Zustand würdest du kämpfen – notfalls dich sogar vorübergehend von geliebten Menschen trennen.
Dann hast du aus Trotz und auch, um von zu Hause wegzukommen, einen ungeliebten Mann geheiratet. So bist du vom Regen in die Traufe gekommen. Was meinst du denn warum? Nun, das will ich dir sagen: Jeder Mensch spürt genau, wenn er nicht wahrhaftig geliebt wird. Euer Kind kam zudem sehr rasch und ihr wart beide überfordert. Das konnte nicht gutgehen. Du fragst dich nun, ob dein Mann eine andere Frau hatte. Er hatte – eine Frau, die ihn bis heute liebt. Nun musstest du einsehen, dass ihr nicht zusammen passtet. Und um längere, quälende Situationen zu vermeiden, hast

du einen schnellen Schnitt getan und dich getrennt. So ermöglichtest du deinem Mann die Freiheit und ein Leben mit seiner Liebe und dir selbst hast du einen Neubeginn in Freiheit gewährt.

Deinem Sohn hast du bis heute ein Leben voller Liebe und Freiheit geschenkt. Auch dafür danke ich dir.

Denn höre: Liebe und Freiheit sind eins. Du merkst nun selbst, wie schön das ist, ohne Groll zurückzublicken. Kannst du nun bald anfangen, auch anderen Menschen zu verzeihen? Wenn du mal wieder denkst, das kann ich nicht, überlasse es voller Vertrauen mir. Ich werde dir immer dabei helfen – so wie ich jedem von euch helfen werde, in jeder Lebenslage!

Jetzt möchte ich, dass du deine Mutter verstehst. Dazu müssen wir sehr weit zurückgehen. Als deine Mutter geboren wurde, war sie der strahlende Mittelpunkt im Leben ihrer Eltern, deiner Großeltern. Ein knappes Jahr später wurde deine Tante geboren: ein lustiges, fideles und unkompliziertes Baby. Dies versetzte deine Mutter in große Angst, Verlustangst. Denn nun musste sie ihren Papa und ihre Mama teilen und das wollte sie nicht. Welches kleine Kind will das schon? Die Menschen früher machten sich nicht so große Gedanken über Kindererziehung oder Psychologie wie das heute der Fall ist. Deshalb wurde unbewusst das zweite Kind zum Liebling aller.

Dies war ein Schlag für deine Mutter, die ja selbst noch ein sehr kleines Kind war und doch schon wie die „Große" behandelt wurde. Darauf reagierte sie mit Geschrei und Krankheit und zwar mit einer Ohrenentzündung, weil sie das Gedudel um ihre kleine Schwester buchstäblich nicht mehr hören konnte. Sie wollte genauso im Mittelpunkt stehen und über sich nette Dinge hören. Aber deine Oma wusste damit überhaupt nicht umzugehen und sie hörte den Hilfeschrei der kleinen Kinderseele nicht. Und so lag bei der Erziehung der beiden Kinder vieles im Argen. Deine Mutter stellte nun fest, dass sie nur krank werden musste, um die Aufmerksamkeit auf sich zu lenken. Dieses Verhaltensmuster hat sich unauslöschlich in ihr gesamtes Wesen und ihren Körper eingebrannt.

So ist entstanden, was sie ein Leben lang gefühlt und wonach sie gehandelt hat: Jede Frau ist eine Rivalin.

Alles war klar für sie: Nur laut schreien und Wutausbrüche bekommen oder krank werden, dann haben alle Mitleid mit mir und ich stehe im Mittelpunkt. Jeder bemitleidet und bewundert mich dann und ich habe wieder einmal meinen Willen durchgesetzt.

Deine Mutter war und ist sehr willensstark, damit werden aber nur ihre eigenen Urängste überspielt. Wusstest du denn nicht, dass jeder fürchterliche Wutausbruch eine Panikattacke war. Und weißt du, wovor sie Angst hatte?! – Nun, das will ich dir gerne sagen: Furcht, dass irgendein Mensch ihre Schwächen entdecken könnte. Sie wollte nach außen bloß nicht irgendwelche Unsicherheiten offenbaren. Nein, sie beging auch keine Fehler, sie konnte und wusste stets alles besser als andere. Sie war die Schönste, die Fleißigste usw. Im Innersten sah sie ganz klar, dass das alles nicht so war und ist und jeder Mensch seine Qualitäten hat. Das sind ihre Minderwertigkeitskomplexe. Sie bewirkten nun immer mehr Unsicherheit in ihr. So wurde sie noch unberechenbarer und wütender. Zudem hat sie im Unterbewusstsein gespürt, dass du sie durchschaut hast. Und das hat ihr wiederum noch mehr Unbehagen bereitet. Denn niemand darf ihre allzu menschlichen Schwächen erkennen oder davon wissen – schon gar nicht die eigene Tochter.

Selbstverständlich liebt sie dich. Nur das kann sie nicht so offenbaren. Denn das zu zeigen, wäre Schwäche. Und sie möchte eben nicht schwach dastehen.

Siehst du, so schließt sich der Teufelskreis und ihr beiden habt ein Leben lang darunter gelitten. – Nur um sich und Anderen zu beweisen, dass sie und nur sie die Stärkere von euch beiden ist und nur sie allein das Sagen hat. Deshalb stichelt sie heute noch, meistens im Beisein anderer mit dir herum. Wohlwissend, dass du nicht darauf reagierst. So fühlt sie sich wieder bestätigt. Lass ihr diese Illusion. Du weißt, dass die Konkurrenzkämpfe völlig sinnlos und unwürdig sind. Deshalb frage ich dich nun: Willst du in ihrer Haut stecken?

Fange an zu vergeben, wie einst Euer wunderbarer Papst Johannes Paul II. Er besuchte den Mann, der ihn töten wollte, im Gefängnis und umarmte ihn. Dabei verzieh er schließlich dem Mann, der ihn schwer verletzt hatte. Damit hat dieser Papst euch allen eines der größten Geschenke bereitet. Und alles, was ich dir hier gesagt habe, zeigt dir, dass du gar keinen Grund hast, krank zu sein. Du brauchst diese Krankheit ganz und gar nicht. Komm da heraus! Denn du kannst noch so krank sein. Deine Mutter möchte immer noch bedauernswerter sein, um selbst im Mittelpunkt zu stehen. Du brauchst nun auch nicht mehr um Lob, Liebe und Zuwendung deiner Mutter zu buhlen, wie du es ein ganzes Leben getan hast.

Merke dir:
Sie liebt dich, sie kann es nur nicht so zeigen.

Erinnere dich:
Jede Frau ist eine Rivalin.

Bedenke:
Du bist nicht schuld am Verlauf des Lebens deiner Mutter. Du bist nicht schuld, dass sie so viel krank war und ist.

Ich weiß, sie hat es dir oft genug gesagt. Aber sie hätte ja selbst ihr Leben ändern können. Sie hatte immer und zu jeder Zeit die freie Wahl gehabt. Aber sie hat sich für dieses Leben, das sie gelebt hat, frei und selbst entschieden. So trägt niemand Schuld an ihrem Schicksal – auch du nicht. Tue weiterhin deiner Mutter gegenüber deine Pflicht und gestalte ihr die letzten Schritte Ihres Weges in die ewige Heimat so angenehm wie möglich. Merke dir, es wird auch dich glücklich stimmen, wenn du deiner Mutter beistehst und es wird dir dabei helfen, wieder ganz gesund zu werden. – Wirklich gesund zu werden. Und niemand kann das berauschende Glücksgefühl nachempfinden, keiner der nicht dasselbe erlebt hat.

Aus Angst werden bei euch die größten Torheiten begangen. Junge, gut aussehende Menschen lassen sich von Schönheitschirurgen operieren, aus Angst, nicht schön, nicht begehrenswert, nicht gut genug, nicht erfolgreich genug zu sein. Dies ist nur ein Beispiel von vielen. Was soll das? Warum haben so viele von euch Minderwertigkeitskomplexe. Die Meisten von euch sehen leider nur den äußeren Schein: Den Menschen hinter der grellbunten Fassade – oder besser gesagt Maskerade – nimmt niemand mehr wahr. Fangt endlich an, wieder Ihr selbst zu sein. Akzeptiert euch und jeden anderen von euch, jedes Lebewesen, so wie ihr wirklich seid, wie jedes Lebewesen ist. Legt doch endlich diese unsinnigen Ängste ab. Kehrt zu euch selbst zurück, denn für mich seid ihr alle gleich schön und liebenswert.

Ob Ihr euch nun operieren lasst, euch schminkt und stylt, als wäre damit das ganze Leben zu retten.

Glaubt mir: Diese Äußerlichkeiten sehe ich nicht. Um ganz ehrlich zu sein: Es ist mir gleichgültig.
Denn ich liebe jeden von euch, so wie er oder sie ist. Denn jede Seele ist schön.

Ich sage es noch einmal: Habt Vertrauen zu mir und habt keine Ängste mehr! Seid nicht neidisch und eifersüchtig! Denn Ängste, Neid und Eifersucht haben viele Gesichter – nur keins davon ist schön.

Das Thema „Angst" bleibt weiterhin bestimmend und deshalb bitte ich dich, aus dem wunderbaren Kinderbuch von Astrid Lindgren „Mio mein Mio" die Passagen von Ritter Katos letztem Kampf niederzuschreiben. Vielleicht erkennen dann einige von euch, wohin die Angst führt. Astrid Lindgren hat das ganz meisterhaft beschrieben.
In diesem Buch erzählt Astrid Lindgren von einer unerschrockenen Person. Sie besiegte zunächst ihre Angst und so auch letztlich einen für übermächtig gehaltenen Gegner. Auch in der Märchenfigur des besiegten „Ritter Katos" wird deutlich, dass Angst bei jedem von anderen Motiven gelenkt werden kann.

„Wohl hatte er ein furchtbares Schwert, aber es war nicht so furchtbar wie meins. Mein Schwert blitzte, es leuchtete und flammte, es fuhr wie Feuer durch die Luft und traf Ritter Katos Schwert ohne Barmherzigkeit. Eine Stunde dauerte der Kampf, auf den man seit tausend Jahren und abertausend Jahren gewartet hatte. Der stumme, grausame Kampf, in dem mein Schwert wie eine Feuerflamme durch die Luft fuhr und Ritter Katos Schwert traf und es ihm endlich aus der Hand schlug.

Ritter Kato stand vor mir – ohne Waffe. Und er wusste, dass der Kampf zu Ende war. Da riss er sein schwarzes Wams über der Brust auf. „Sieh zu, dass du das Herz triffst", schrie er. „Sieh zu, dass du mitten durch mein Herz aus Stein schlägst. Es hat lange genug in meiner Brust gescheuert und wehgetan." Ich sah in seine Augen. Und in seinen Augen sah ich, dass Ritter Kato sich danach sehnte, sein Herz aus Stein loszuwerden.

Vielleicht hasste niemand Ritter Kato mehr als er sich selbst."
(aus: „Mio, mein Mio", Astrid Lindgren, 1954)

Burg

Siehst du mein Kind, so weit führen euch eure Ängste. Sogar eure Herzen versteinern und das macht euch am Ende krank. Soll es so weiter gehen mit euch? Denk`` mal darüber nach.

Nun schreibe auch noch die Geschichte deiner großen Liebe nieder. Dies muss sein, damit du dir alles, worunter du seit jeher leidest, von der Seele schreibst. – Und glaube mir: Du bist nicht allein mit deinen Erfahrungen und deinen Gefühlen. Sehr bald schon werden viele Menschen deine Geschichte lesen. Menschen, die Ähnliches oder fast dasselbe erlebt haben. Diese werden es dir danken. Denn mit deiner Hilfe werden sie ihr persönliches Schicksal besser verstehen und bewältigen können und weniger traurig sein.

Du und ich, wir beide haben lange überlegt, ob wir die Geschichte deiner großen Liebe komplett zu Papier bringen sollen. Aber nun höre mein Kind: Es ist absolut notwendig, dies zu tun. Wir hatten anfangs schon einmal von deiner großen Liebe gesprochen. Sie ist zerbrochen, weil deine Mutter dies so wollte.

Halt, Moment, siehst du nicht wie freundlich dir deine Mitmenschen zulächeln. Du sitzt gerade wieder in deinem Lieblings-Café und schreibst an deiner Geschichte. Die Erinnerungen daran und das Sich-von-der-Seele-schreiben lassen dich strahlen und dein Umfeld merkt dies und entgegnet deine lichtere Stimmung.

Doch nun zurück zu deiner verflossenen, großen Liebe: Deine Mutter hat dagegen gearbeitet, weil sie deine große Glückseligkeit nicht ertragen konnte. Sie selbst hatte nämlich so etwas noch nicht erlebt. Glaube mir: Sie war etwas eifersüchtig. Neid, Eifersucht und Missgunst entstehen nie aus sich heraus. Gerade diesen Gefühlen liegt wiederum Angst zugrunde, denn im tiefsten Grunde ihres Herzens und ihrer Seele war und ist deine Mutter ein unsicherer Mensch. Unsicherheit ist das Gegenteil von Selbstbewusstsein und beim Anblick eurer Liebe und eures Glücks entfaltete sich ihre Unsicherheit vollends. Ihr mühselig aufgebautes Gebäude von Stärke, Macht und Selbstbewusstsein brach in sich zusammen wie ein Kartenhaus. Und so waren die Urängste wieder da, einst als Mutter versagt zu haben. Furcht davor, dich an einen Mann zu verlieren, den sie selbst nicht mochte. Angst, selbst niemals schön, gut, klug usw. gewesen zu sein.

Deshalb hat sie mit allen Mitteln – und ich sage dir jetzt etwas nicht sehr Schönes – auch mit hinterhältigen Mitteln und angeblich guten Ratschlägen (Diese Ratschläge waren gut für sie, nicht für dich.) langsam Zweifel bei dir gesät.

Erinnere dich: Sie versuchte dir einzureden, dein Freund wäre nicht treu, wenn er hin und wieder mal seine Freizeit für sein Auto, seinen Hund oder die ehrenamtliche Tätigkeit bei der freiwilligen Feuerwehr nutzte. Und dies geschah so oft, dass du anfingst, deiner Mutter zu glauben. Als das immer noch nicht so gefruchtet hat, wie sie sich das vorgestellt hat, fing sie an, dich wortgewaltig unter Druck zu setzen und zu erpressen. Und dies war der folgenschwere Satz, der alles zum Einsturz brachte:

„Entweder du machst mit dem Kerl Schluss oder du fliegst hier raus und von deinen Sachen bekommst du nichts mit. Dann kannst du sehen, wo du bleibst und unsere Tür bleibt dir verschlossen."

Daraufhin hast du die Beziehung aus Angst vor deiner Mutter beendet. Und ihr habt euch nur noch eine kurze Zeit heimlich treffen können. Denn du wusstest genau, sie würde diese Worte wahr machen und dich wirklich vor die Türe setzen, wenn auch nur vorübergehend. Alles, nur um unter Beweis zu stellen, dass sie und nur sie die Macht hat, sich immer und überall durchzusetzen. Und du und dein Freund, ihr beide wart damals so jung und unerfahren, dass euch einfach der Mut fehlte, euch zu unabhängigen Menschen zu machen, euch von euren Eltern zu lösen und auf eigene

Füße zu stellen. Fast jedem von euch fehlt mitunter der Mut, etwas ganz Außergewöhnliches zu wagen. Wobei eine glückliche Beziehung einzugehen, doch eigentlich kein großes Wagnis bedeutet. Ich weiß auch, dass du viele Jahre unter dieser Trennung gelitten hast – wenn du ehrlich bist, bis heute. Obwohl diese Geschichte mittlerweile 32 Jahre her ist. Was nicht sehr schön ist, ist die Tatsache, dass deine Mutter bis heute leugnet, euch auseinander gebracht zu haben. Im Gegenteil: Sie verdreht die Tatsachen, indem sie behauptet, du selbst hättest das Ende gewollt. – Wohlwissend, seine an dich gerichteten Briefe unterschlagen, gelesen und anschließend vernichtet zu haben. Sie hat sehr erfolgreich jeden Kontakt zwischen euch unterbunden. Wie ich aber schon vorweg gesagt habe, geschah dies aus Angst, Unsicherheit und Eifersucht.

Denn höre, mein Kind: Deine Mutter ist ein sehr unsicherer und ängstlicher Mensch, und Selbstwertgefühl besitzt sie kaum. Deshalb verzeihe und trage nichts nach. Du weißt nämlich nicht, welche Stärke in dir selbst ruht. Dass du bei dir selbst zu Hause angekommen bist, dass du dich in jeder Situation ganz und gar zurücknehmen kannst und die Rolle des Zuschauers genießen kannst, weil bei dir selbst nur noch wenig Bedürftigkeit besteht. Du bist glücklich und zufrieden mit dem, was du hast. Und mit dem, wie dein Leben jetzt verläuft. Denn es ist nicht mehr laut, kalt, hektisch und schnelllebig. Und du kannst leben, wie du willst.

Du bist keinem mehr Untertan. Du unterwirfst dich keinem Modediktat. Und du findest noch lange nicht alles schön, nur weil es von den Medien und der Werbung vorgeschrieben wird. Oder weil alle Anderen das schön finden und es so machen, weil es in ist. Du bist ganz einfach die, die du bist. Dies ist deine wahre Stärke und nährt dein Selbstwertgefühl.

Aus gegebenem Anlass bist du momentan gezwungen, so genannte chemische, – oder besser gesagt – synthetische Medikamente zu nehmen. Was soll das heißen, synthetisch? Wisst ihr nicht, dass alles auf dieser, eurer Erde belebt ist?! Wo bitte schön, sollen eure so genannten synthetischen Stoffe denn herkommen. Alles um euch herum ist belebt: die Erde, die Luft, das Feuer, das Wasser, die Atmosphäre. Die Menschen der uralten Kulturen wussten das: Deshalb verehrten sie z. B. Vulkane, Quellen und ihr Wasser, die Sonne, die Erde und die Pflanzen und Tiere, so wie die Luft. Die alten Kulturen gaben diesen elementarsten Dingen auch Namen: Trolle, Gnome. Zwerge, Elfen, Feen usw.

So, nun frag ich euch: Woher kommen denn eure so genannten synthetischen Stoffe? Diese, eure Erde gibt euch alle Stoffe, aus denen ihr alles Mögliche entwickelt. Allerdings sei hier gesagt, ihr habt noch lange nicht alles entdeckt.

Und aus diesen Stoffen wie Erdöl, Mineralien und Salzen, Steinen und Pflanzen, Tieren und Spurenelementen stellt ihr alles Mögliche her. Eure so genannten synthetischen Stoffe: Viele dieser Substanzen sind von euch so raffiniert zusammengemixt worden, dass kleinste Mengen tödlich sein können, andere wiederum recht heilsam. Aber alle haben eins gemein: Sie sind sehr belebt. Sie sind so belebt, dass es euch oftmals mehr Schaden bringt als Nutzen, weil ihr den sorgsamen Umgang mit solchen Substanzen und Mixturen nicht beherrscht.

Ein Medikament, eine Chemikalie und andere Substanzen müssen gewinnbringend hergestellt und an den Mann gebracht werden. Nebenwirkungen dagegen werden außer Acht gelassen. Das Gleiche gilt für Pflanzenauszüge, wie Mohn und Cannabis. Beide Pflanzen geben euch milde Schmerzmittel für sehr kranke Menschen in die Hand. Aber was macht ihr daraus?! Ihr mixt mal wieder fleißig, d. h. die reine Substanz wird mit so genannten synthetischen Stoffen vermischt, damit es noch mehr Gewinn bringt.

Das kann nicht gutgehen; und so stellt ihr Stoffe her, die so springlebendig und belebt sind, dass ihr die Kontrolle darüber verliert. Genauso verhält es sich mit der Tabakpflanze. Die Tabakpflanze in ihrer Reinheit enthält eine Substanz, krankes Blut zu heilen. Einige eurer Wissenschaftler und Biochemiker wissen dies sehr genau, aber ein geheilter Patient bringt eben kein Geld.

Dass Rauchen schädlich ist, darüber brauchen wir überhaupt nicht zu diskutieren. Würde die Tabakindustrie aber keine süchtigmachenden, synthetischen Substanzen hinzufügen, wäre alles halb so schlimm. Daraus ist wieder eine Mixtur entstanden, worüber ihr keine Kontrolle habt. Ihr werdet süchtig, ihr seid süchtig. Aber du rauchst ja selber, voller Genuss, ohne meine mahnende Stimme zu beachten. Du bist nun in vielen Stationen deines Lebens so diszipliniert gewesen. Du hast alle deine Pflichten erfüllt. Du hast dein Leben komplett umgestellt, aber du schafftest es nicht, mit dem Rauchen aufzuhören. Glaube mir, es ist besser für dich, wenn du das noch fertigbringst.

Du erinnerst dich sicherlich, wie ich dir gesagt habe: Ich liebe euch alle gleich – jeden Mikroorganismus, jede Pflanze, jedes Tier und jeden Menschen. Ich sage dies hier noch mal, damit ihr versteht, was ich meine. Alles auf eurem Heimatplaneten ist belebt. Jetzt wundert sich manch einer von euch, warum ich in der Reihenfolge die Mikroorganismen, Pflanzen und Tiere zuerst genannt habe. Ihr, meine geliebten Menschenkinder, könnt nicht ohne sie leben. Wie aber geht ihr mit den euch anvertrauten Lebewesen um? Dabei solltet ihr immer bedenken: Tiere, Pflanzen und Mikroorganismen können sehr wohl ohne euch leben. Doch es geht noch weiter. Tiere können nicht ohne Mikroorganismen und Pflanzen leben; und die Pflanzen wiederum nicht ohne Tiere und Mikroorganismen. Die Mikroorganismen, die ihr alle so fleißig bekämpft, sind allerdings sehr wohl in der Lage ohne euch, ohne Pflanzen und Tiere zu existieren. Deshalb erkennt: Ihr steht nicht am Ende der Nahrungskette. Ihr seid – ohne es zu wissen – eine Symbiose mit den euch anvertrauten Lebewesen eingegangen, ohne die ihr nicht leben oder überleben könnt. Doch diese behandeln die Meisten von euch aus Profitgier denkbar schlecht.

Oh ja, ich weiß, die Meisten von euch sind sehr für die Natur und erfreuen sich an ausgiebigen Spaziergängen durch Wälder, Felder und wunderschöne Parks. Viele von euch setzen sich mittlerweile auch für deren Erhalt und Schutz ein – aber bitte nicht vor der eigenen Haustür! Dort stören schon jeder Baum und jedes Tier. Das Blättchen aus dem Nachbargarten im eigenen Garten führt dazu, dass man vor Gericht landet.

Wo soll das nur hinführen? Wertvollste Baumbestände müssen weichen, wenn es euren egoistischen Motiven dient. Dabei hält jeder Baum eure Luft sauber, spendet Kühle an heißen Sommertagen. Meine geliebten Kinder, kehrt um, jeder Einzelne von euch. Und schützt eure Natur, denn so schützt ihr euch selber.

Doch erkenne ich viel versprechende Hoffnungsschimmer am Horizont. So sehe ich eine Umkehr bei einigen von euch. Diese Menschen, die sich – nun sagen wir es deutlich – radikal für den Naturschutz und schwächere Lebewesen einsetzen, belächeln viele von euch als Ökospinner und große Interessenverbände und Firmen verklagen sie nicht selten. Nun ja, auch dies geschieht aus Angst – Angst vor finanziellen Verlusten. Wie viel Geld wollen die wenigen reichen Leute eigentlich noch anhäufen?!

Wisst ihr nicht, dass auch Geld – übrigens eine abstrakte Sache – belebt ist. Wenn ihr schon so was Kurioses wie Geld erfunden habt, dann lasst es fließen. Geld will fließen, Geld möchte unter die Menschen, Geld will in die Welt. Diejenigen Wenigen von euch, die so unermesslich reich und damit auch mächtig sind, können ihre Macht und ihren Reichtum für die Natur und den Schutz der Schwächeren von euch einsetzen. Denn nur Materialien, die fließen dürfen von einem zum anderen, sind nicht blockiert. Alles bleibt dann im Fluss. Und hier sind wir wieder bei der Angst. Selbst der Reichste von euch hat Angst:
Angst vor Verlust.

Und ich sage es nochmals:

Meine geliebten Kinder, kehrt um!

Verlasst diesen wahnsinnigen Weg der Zerstörung. Denn ihr seid auf dem besten Weg, euch selbst zu vernichten. Wenn ihr so weiter handelt wie bisher, kann euer Planet sich nur erholen, wenn ihr nicht mehr seid. Euer Verstand ist so geschärft und brillant, aber euer Gefühl und Mitgefühl nehmen mehr und mehr ab.

Fürchtet euch nicht! Vor nichts, denn ich bin bei euch – immer. Und ich liebe jeden von euch – immer.

Mein geliebtes Kind, ich habe dir soviel erzählt und du hast geschrieben, was das Zeug hält. Manchmal konntest du es selbst kaum noch lesen, was du zu Papier brachtest.
Wir kommen nun sehr bald zum Ende. Zwischen uns ist so gut wie alles gesagt. Drei Jahre sind nun vergangen, als du erstmals deine Geschichte aufschreiben wolltest. Zwischenzeitlich verließen dich die Inspirationen und Ideen oder es fehlte einfach der Mut. Erst als du dich ganz auf mich eingelassen hast; mir voll und ganz vertraut hast, wurden diese Zeilen niedergeschrieben.

Und nun – mir zu Ehre – schreibe nochmals die Worte auf, die für euch alle nicht oft gesagt werden können:

Ich liebe euch alle, jeden Einzelnen von euch, so wie er ist, unabhängig wie er aussieht, jung oder alt, dick oder dünn, Mädchen oder Junge, hässlich oder hübsch. Denn das seht nur ihr. Ich aber sehe eure Seelen und jede Seele ist schön.
Und behandelt jedes Lebewesen, jedes Tier, jede Pflanze und jeden Mikroorganismus und jeden Gegenstand, als wäret ihr es selbst. Denn überall wo du hinsieht, siehst du mich – Amen.

„Unser Vater,
der Du bist in jedem von uns,
gepriesen seiest Du, Gott der EINE.
Unser alle Reich entstehe,
Dein und unser freier Wille geschieht
in der materiellen Welt wie in den
reinen Welten.

Vater, hilf uns bei der täglichen
Selbsterkenntnis und deren Folge-
rungen und lass uns bereuen und um
Vergebung bitten,
so dass Du uns unsere Schuld vergibst.
Wie wir es Deinem Vorbild folgend tun.

Führe uns in der Versuchung
und stehe uns bei, dem Bösen zu
widerstehen.
Denn Dein Geschenk ist die Liebe.
Aus Deiner Kraft und Herrlichkeit in
Ewigkeit,
Amen.“

(Manfred Doepp, Medizin der Bergpredigt)

Unser Vater, der du bist in jedem von uns. Vor 9½ Jahren habe ich angefangen, dir zu folgen und zu vertrauen. Du und nur Du alleine weißt, wie schwer es mir oft gefallen ist – selbst heute noch. Und immer noch kann ich nicht jedes Lebewesen so lieben, wie du es tust. Dafür bitte ich dich um Vergebung. Aber du hast mir gezeigt, dass hinter jedem Leben ein Schicksal steht. Du hast mir offenbart, wie schön und einfach das Leben mit dir ist. Du hast mich sogar einige kleine Wunder entdecken lassen. Du hast mir bewiesen, dass ich dir voll vertrauen und alles loslassen kann. Denn du richtest alles zur rechten Zeit. Du weißt, ich habe immer an dich geglaubt, aber heute liebe und verehre ich dich über alles.

Und ich verspreche dir: Ich werde jedes Lebewesen so behandeln, als wäre ich es selbst. Und ich werde versuchen, jede Lebensform und jede Religion so zu achten und zu ehren, als wäre es meine eigene Lebensform und meine eigene Religion. Und ich werde versuchen, nicht mehr zu grollen und zu schimpfen. Bitte hilf mir, Vater im Himmel, dass es mir gelingt, Grollen und Schimpfen in ein Lächeln zu verwandeln:

„Und lass mich mit den Augen eines Kindes dunkel erkennen, wie die Götter mit den Winden dahingehen und mit dem Meere sprechen und in den zarten Kräutern schlafen und wie Gott selbst, die Summe alles dessen ist, das sich auf dem Angesicht dieser Erde befindet."

(Marie Stuart, Merlins Abschied, Bd. III)

Mit den Gedanken an Walter und deinen Vater kamen die echte Trauer und das Gedicht. Dies sollte ein Trost für dich sein, aber auch wirkliche Hilfe.

Weine nicht um mich um Kind, denn ich bin die Liebe und das Licht.

Du siehst, alles hat sich jetzt zusammengefügt, über viele Wege. Und manches kam dir sinnlos vor und doch am Ende ist alles perfekt.

Mein liebes Kind, du warst bereit meinen Worte zu lauschen. Worte, die klingen wie der Wälder und Meere Rauschen.

Worte für dich und euch alle so schön. Doch jetzt mein Kind: Bleibe nicht stehen!
Trage diese Worte hinaus in die Welt. Tu es für mich, denn jedes Wort zählt.

Jetzt mein Kind, jetzt bist du dran, denn deine Arbeit fängt gerade erst an.